巴尔蒂斯介绍

顾丞峰

"在这个世界上，他是一个逆潮流而进的人。"这是巴尔蒂斯的次子皮埃尔·克洛索夫斯基对他父亲的一句评价，在 20 世纪进入后现代的文化场景中，巴尔蒂斯向我们展示了一种超越时间的永恒。

巴尔蒂斯（Balthus）1908 年出生于巴黎，祖先在波兰，一次大战后全家飘泊于德国和瑞士。他的经历恰如他的绘画，平稳而隐匿。他没有值得炫耀的求学经历，但终生同文学、东方以及个人孤僻的内心世界结下不解之缘——他曾多次为莎士比亚、莫扎特、加谬的戏剧设计舞台布景，为一些小说作插图，诸如艾米莉·勃朗特的小说《呼啸山庄》，而且将这些插图改为作品如《客厅》、《凯西的梳妆》。他的第二个妻子日本人出田节子原是他的模特，在他的作品中留下了不少的东方情调的画面。1961 年他被任命为罗马的美迪奇别墅的法兰西学院院长。1983 年被意大利政府授予"通衢"奖。1996 年在中国北京举办个人画展，甚为轰动。

他的早期作品（40 年代以前）中，可以看出受到塞尚的注重结构以及毕加索的色彩的影响，恰好他与毕加索也是极好的朋友。其早期到后期作品的题材相比较，差别仅仅在于年代的先后、技巧的生疏与纯熟，除一部分风景和少量的静物外，他大多数作品都是描绘封闭的室内女子的组合或与动物，诸如猫的关系。

室内的静态人物成为他作品风格的标识，他尽可能地通过女子的梦思（《梦之一》1957）、怀春、自怜（《照镜少女》1948）等挖掘人心理活动中丰富、多变而微妙的东西。他的画面极为讲究结构与形，较多采用小对角的构图。人物器物的外形简括，多见几何形状与几何线条，在一些画面中还体现出了东方绘画因素如散点透视、线描（《红桌日本女子》1976）。在用色上他早期使用油画颜料，后喜欢用酪蛋白调和颜料，与意大利湿壁画有异曲同工之妙。

对古典绘画巴尔蒂斯也是情有所钟，他的画面出现过普桑、卡拉瓦乔、弗兰切斯卡等大师的构图与结构方式。他作品中相对静止的人物、近乎千篇一律的无表情、讲究的结构、简括的外形共同构成了一种古典的感觉，正如法国当代艺术评论家马克·勒博特评价巴尔蒂斯时所言："没有个性的表现是一种激情，是人体中所有激情中的最激烈的一种。"

巴尔蒂斯的绘画已成为一种当代的古典，尽管他是"逆潮流而进"，然而这种"逆"的结果却形成了艺术中最稳定的东西。

作品目录

马丁·许尔利曼先生肖像　99cm×79cm　1929

摩洛哥驻地　91cm×100cm　1933

街区　193cm×235cm　1933

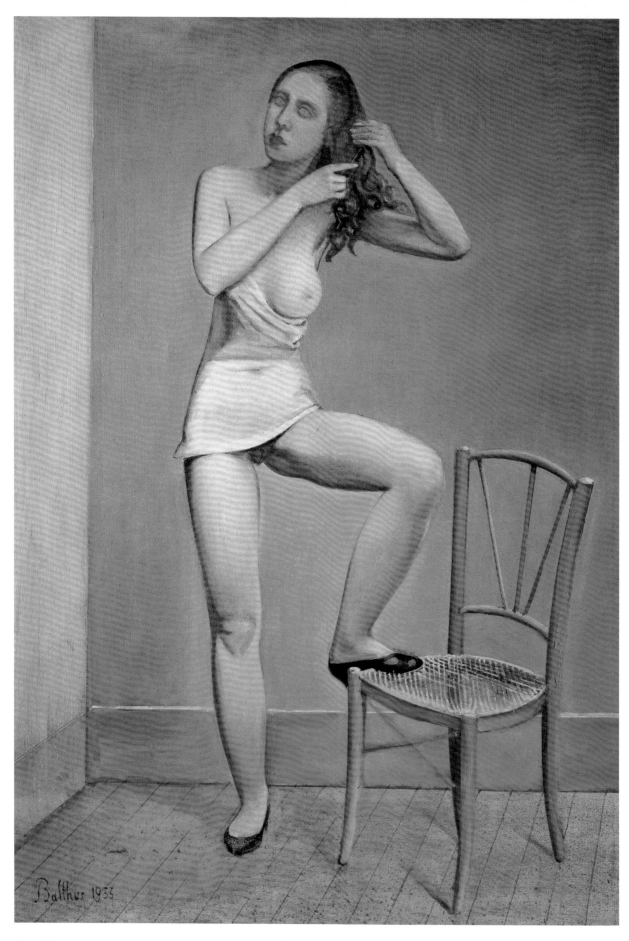

艾丽丝　162cm×112cm　1933

吉它课　161cm×138.5cm　1934

阿布迪女士　186cm×140cm　1935

猫王　71cm×48cm　1935

诺瓦那　158cm×135cm　1936

孩子们　125cm×130cm　1937

夏日　248cm×365cm　1937

梦中泰雷兹　150.5cm×130.2cm　1938

拉尔邦风景　136cm×162cm　1939

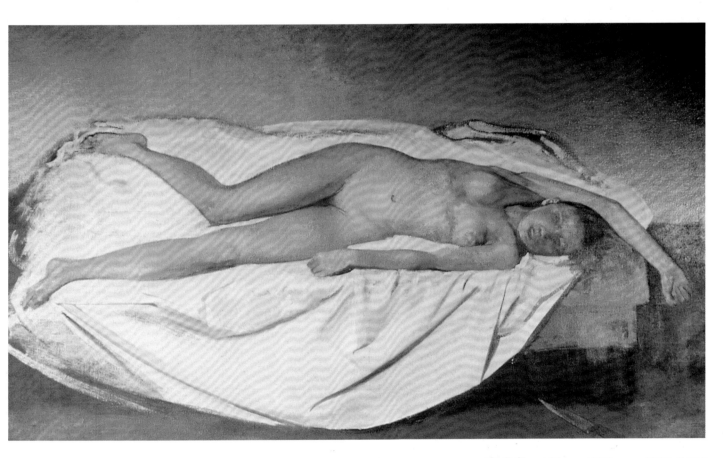

殉难者　132cm×220cm　1939/1946

自画像　44cm×32cm　1940

金色的时光　148cm×200cm　1944/1946

樱桃树　92cm×72.9cm　1940

风景　72cm×100cm　1941/1942

起居室　11.3cm×146.7cm　1941/1943

红衣女孩　92cm×90.5cm　1944

劳伦斯　80cm×60cm　1947

金鱼　62.5cm×55.9cm　1948

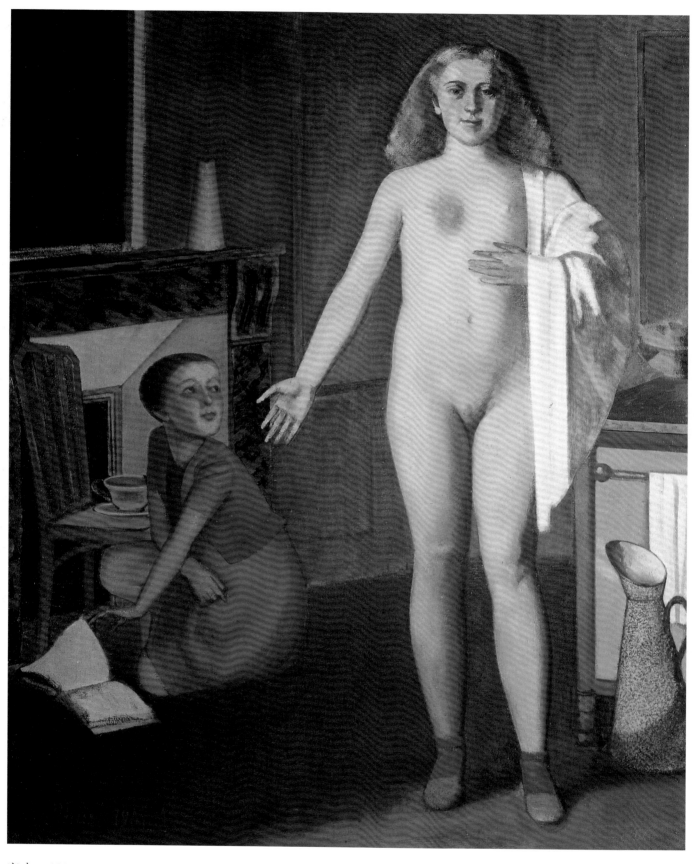

室内　189.9cm×160cm　1947/1948

斯帕比　58.9cm×64.2cm　1949

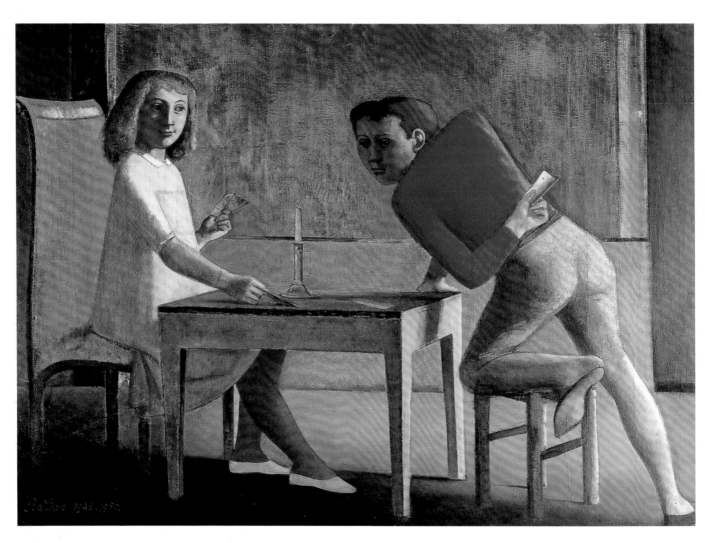

牌戏　139.7cm×193.7cm　1948/1950

梅迪特兰尼的猫　127cm×185cm　1949

窗口　150cm×82cm　1952

寺院农场院子　75cm×92cm　1954

室内　270.5cm×335cm　1952/1954

单人纸牌戏　90cm×88cm　1954/1955

梦的研究　41cm×52cm　1955

有树的风景　114cm×162cm　1955

窗前的女孩　160cm×162cm　1957

沉睡的农场　50cm×101.5cm　1957/1960

男孩与鸽子　62cm×130cm　1959/1960

大风景　140cm×156cm　1960

有树的大风景　130cm×60.cm　1960

三姐妹　130cm×196cm　1955

黑镜前的日本女孩　157cm×195.5cm　1967/1976

侧面女裸　225×200cm　1973/1977

小憩　200cm×150cm　1977

红桌前的日本女孩　145cm×192cm　1967/1976

镜中的猫　180cm×170cm　1977/1980

画家和他的模特儿　226.5cm×230.5cm　1980/1981

卡蒂阅读　179cm×211cm　1968/1976

静物　80cm×100cm　1983

女裸与吉它　162cm×130cm　1983/1986